JN252671

歌集
雪月花

栩本澄子

砂子屋書房

著者近影

水遊びをする兄弟

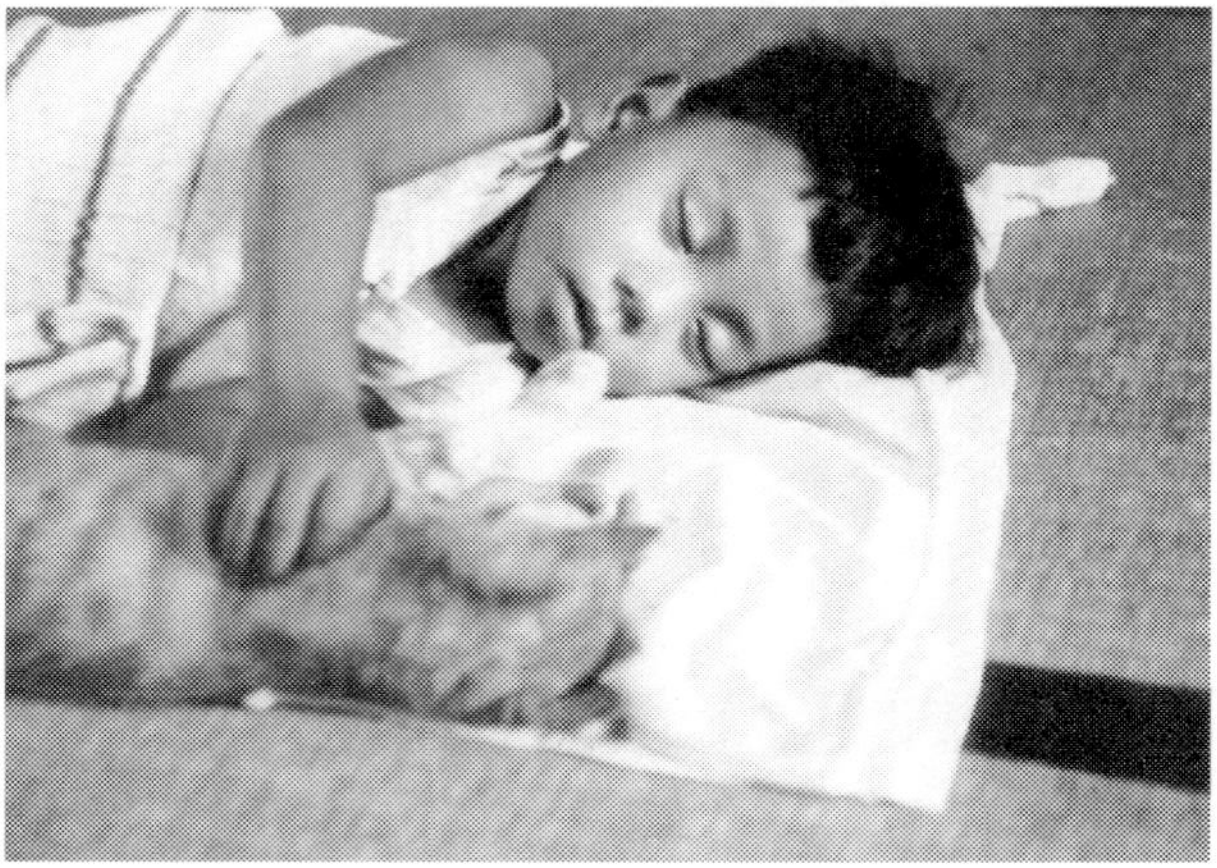

猫と眠る三男

家族で（彦根にて）

夫と（堅田の浮御堂にて）

生駒山で遊ぶ兄弟

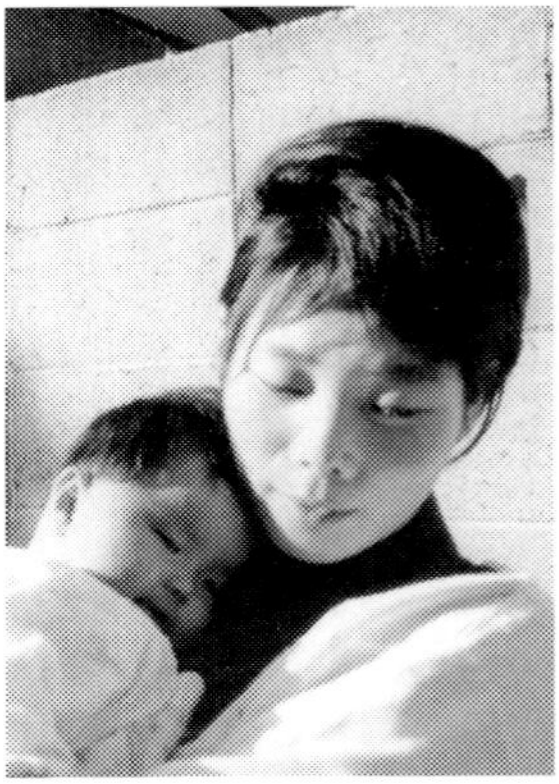

孫娘を抱く長女

長女（二十歳の頃）

著者（自宅前にて）

＊目次

序章

第一章　天涯の朱

昭和三十九年～昭和四十五年

昭和六十一年〜昭和六十四年

平成十一年〜平成二十四年

装本・倉本　修

歌集　雪月花

序章

夜行列車

ざわめきつつ朝買人ら乗り来り夜行列車は故里《くに》に近づく

洋服を着て汽車に乗れるを誇らしく友に言ひにき別れと知らず

はしやぎゐし弟妹ら父母の膝に寝入り夜汽車の軋み心細かり

水きよく山美しき出雲路を泥濘にかへ梅雨は上がりぬ

広しとぞ記憶にありていま越ゆる山王さまの踏切小さし

生家の軒なつかしみ立てば若き人用向き顔に出で入りをする

「精美堂印刷」軒にかかげし看板の淡き空いろも残る眼うら

町にはじめて鯨がきしと父の背に負はれてきたる魚会社ここ

天井の節に怯えて病みし日の幼き記憶ふと思ひ出づ

ふる里の寺の小さきオルガンをしばしば夢に踏めども鳴らず

わたくしが自在に生きし野よ川よ想ひ出は尽きぬ一生《ひとよ》の泉

第一章　天涯の朱

（一九六四年〜一九八九年）

父

（昭和三十九年）

過去のみがすべてなるらし病む父の触るるは今日も故郷のこと

病む父の瞳いつしゆん輝やけり故郷の山言ひいづるとき

若き日の山河の遊び言ふ父の眼よいきいきと輝きをもつ

「また来て」と門に送りし末の子の言葉嬉しと涙する父

奈良少年刑務所（見学）

獄房の見上ぐる位置に窓ありて小さき四角の青空が見ゆ

二上山は親子に見えて悲しといふ「みかえりの塔」の子の歌かなし

いかなる罪犯してここに曳かれしか面輪をさなき少年もゐて

夕餉あと子らに囲まれ分ちやる夫作りきし真桑瓜の香

ひたすらに二階を欲しと娘は言ひきなし得ぬままに嫁ぐ日近づく

白浜吟詠の旅二首

膝の辺をふと淋しさのはしるなり幼児《をさなご》のこす旅にしあれば

海見れば海を見せたし魚見れば魚を見せたし子等いかにゐむ

縁の日なた

病める子を看る窓辺にきこえゐし祭り太鼓は今年もひびく

雪国のをさなの遊び言ひやれば炬燵の吾子ら瞳《め》をかがやかす

宿題の今日は無きらしつねよりも子は高らかに「只今」と言ふ

物言へばよろこび失するおもひして縁の日なたに編針をはこぶ

初春のひかり

（昭和四十年）

ほのぼのと夜来の雨のいま霽れて甍にしるき初春のひかり

新しきインクの匂ふ朝刊を手に取りしより今日の始まる

冬晴れに初荷の幟ひるがへし車行き交ふ舗道あかるし

伝染《うつ》りやれば少しは軽くならむかと咳入る吾子に唇を寄す

青空に溶け入るごとく幼等は堤の傾斜《なだり》駆けのぼりゆく

新しき自転車にはづむ子らの声早春のひかりに透きてひびかふ

げんげ田のうすくれなゐに育みし少女の夢よ杳くなつかし

「幽霊の浜風」といふ故里の風をききたし切に聴きたし

厚く脆くなりたる父の足の爪切りつつふいにまなぶた熱し

山王さまの裏べによもぎ摘みし日の束髪匂ひし母若かりき

離れ住む人に逢ひ得し心地して樟脳匂ふ夏衣を出す

夏雲

磯長御廟二首

野をわたる風にゆらぎて花かとも葡萄は白き葉裏をかへす

西方院の崩《く》えしままなる築地塀ほうほうとして夏草の生ふ

返りこぬ猫を案じて子らの焚く木天蓼《またたび》の匂ひ闇にただよふ

真剣に厚紙切りてをりし子がやがて仔猫に名札吊るせり

「とちもとミーコ」

綿菓子に似る夏雲へ幼らの水鉄砲は高く飛び交ふ

昆虫の生態を言ふ子へ大仰におどろけば小さき胸を反らせり

何となく主婦に戻りし実感あり焼茄子にほふ休日の厨

一心に戦争ドラマ見入る子の瞳にみなぎる光危ふき

一番星

稲熟るる匂ひを踏めば靴音もおのづからなるリズムをもてり

遊び呆けし子を叱りつつ戻る道一番星はやさしくまたたく

昨日より少し移りし夕月の位置かと見つつ市場に急ぐ

返したき言葉ひとつをのみこみて寒の厨に米研ぎすます

クリスマスの夜の雑踏に流されてまづしきサンタのまづしき思案

プレゼントにあがる吾子らの歓声を背なにうけつつ朝餉こしらふ

大根の花

（昭和四十一年）

煩雑より解かれて今朝は新しき陽ざしに子らと童謡うたふ

傍らにあどけなき寝顔ならびをりこの安けさを疑はず生きむ

子の寝息たしかになればその腕ゆ抜け出てながなが背伸びする猫

風疹の顔を気にしてをりし子が小さき鏡を掌《て》に眠りをり

髪揉まるる感触甘く溶けゆきてシャンプー台にしばしの奢り

「姉も死んだか」言ひ咽びつつ部屋に入る父の背いたく老いしと思ふ

通夜の座をはなれてしばし佇つ庭に大根の花風にゆらげり

血を分けし終のひとりを見送りていよいよ寡黙にひき籠る父

この日頃舌の縺れのひどくしていよいよ寡黙に籠りゐし父

日のけぢめなくす懼れに三べんの飯《いひ》をたしかめ食みにし父よ

父の死

もどかしく取る受話器より妹のうはづりて父の急変を告ぐ

ひた走る朝の舗道に何事もなかりし人が水を打ちをり

仰向けにうつせば命終りたる瞼より涙ころげ落ちたり

温みいまだのこれる指を組ませたり太き骨格いまさからはず

葬儀屋のなせるがままに頭陀袋を掛けたる父が哀れでならぬ

一条の朱をひく骨片いまさらに遇へざりし父のいまはを思ふ

「肩くま」の肩すでになし灰わけてはかなくなりし父を拾ひぬ

「老醜は晒すにあらず」自らを厳しく生きて脆き骨片

絣模様

猪名川の水面の陽光《ひかり》はじきつつ鮒を追ふ子ら肌かがやかす

網戸透く風にも秋のおとなひてチチロ鳴き澄む夜を目覚めをり

都心より帰りきたれば藍ふかき絣模様のわが空があり

見送りの子の顔すこし歪み見ゆ車窓に発車のベル鳴りひびく

（明治神宮入選の旅）

杳き青春

（昭和四十二年）

旗掲ぐる背に朝光《あさかげ》が透りきて正月三日の心ふくらむ

早勤の夫の後姿《うしろで》遠ざかり空に下弦の月が凍てつく

北風に吹き散りさうな星ゆれて銭湯へゆく衿かきあはす

君の姓にわが名ひそかに添へてみし昨日のやうで杳き青春

吹く風も空の匂ひも春めきていま干し上げしシーツに揺るる

ふる里《さと》につづく空より舞ひ散らふ風花よわが睫毛をぬらす

妹入院

葡萄糖の点滴受くる窓のそと立春の雲おもおもゐざる

駆け寄れば訴ふごとき眸《ひとみ》より涙ばかりがしじに流るる

生きの身をもがむとおそふ痙攣か戦慄《をのの》く汝の手必死に握る

慰めも励ましも今は虚言《そらごと》と思へていはむ言葉噛みたり

救急車に汝れを委ねし払暁を異様に赤き月がかたむく

素足しろき妹なりしが宵山の灯の賑ひにそむきて逝きし

をさな児をのこして逝きし妹の慟哭か今雷雨が奔る

坂二つ落ち合ひてゐる女学校に遊びし汝れとの白き追憶

額紫陽

耳のうしろに心臓があると風邪の子の声唐突に厨にきこゆ

糺したき吾子の寝顔の邪気なくて額《ひたひ》にかかる髪をわけやる

野辺のみち青く匂へば少年にかへりし夫か草笛を吹く

棟上げの槌音響き来とおもふまで今朝の大空しづかに高し
（井澤家棟上げ）

ひとところ紫陽花いろに昏れのこる娘が妊ると告げし夕空

泰山木

命終に逢へざりし悔あらたなり泰山木の花しきりに匂ふ

父逝きし朝にかはらぬ陽は射して向日葵たかだか花をかかぐる

噛み合はぬ歯車の音ひきずりて一生《ひとよ》の旅を終へし父はも

所詮子は私ならず漸くに思ひ到りて涙あふれ来《く》

おぼおぼと翅をうちつつそのいのち細りゆく蛾の孤独を見つむ

ふりむきて華やぐもののなき頂《いただき》に髪吹かれつつ聴く山の音

能勢妙見

姫路サファリ三首

身体いつぱい泪を溜めてゐるやうな麒麟あゆみ来《く》　秋風のなか

長き首なほ長くして柵際のキリンが見てゐる遠い草原

愚かしきまでくり返すしろ熊の動作あるひは吾れかも知らず

ひたひたと老いの跫音《あおと》のくるやうなしじまへ夜なべの鋏を鳴らす

寒の夕晴れ

（昭和四十三年）

濃みどりの葉交のなかの橙の黄のあかるさよ寒の夕晴れ

照り翳りはげしき部屋に背をまげて物縫ふ吾れと滾る湯の音

淡紅《とき》いろの月の潤みをやさしみて韻《ひび》かふほどのかなしみもなし

戻るかも知れない猫へこの夜も雨戸を少し開けて寝るなり

やうやうと吹き頻《し》く風に幾千の逆波生みて流れくる川

逸れやすき木片ひとつ川隅の澱みにとめて水は流るる

海つなぐ暗渠ぽつかり口あけて標識灯のにぶき点滅

帰郷 I

春潮のかがやく水脈にまぎれつつ鷗は高く低く翔び交ふ

讃岐路の桃も桜も咲きみちて霞む車窓にとろとろ睡し

段畑に匂ふ白梅その先のするどきまでに澄む空の藍

丈にあまる負ひ荷のからだ斜にしてわらべは径をゆづりくれたり

覆ひくる山の重さにじつと耐へてゐるかに祖谷《いや》の集落はあり

煤天井あらはに残り自在鉤を吊るせしあたり螢光灯ともる

ゆく鳥の翼を欲しと真剣におもひき戦地の夫を恋ひつつ

粗朶背負ひ涙おとしし杣やまのこみちやさしも蕗の薹萌ゆ

懇《ねんごろ》に土産の礼をのべし人負籠《おひご》の中の鶏差し出しぬ

おくられしにはとり土間の片隅に足括られて時に羽ばたく

押し移る雲間にゆれてあかき陽は大きく山の背に沈みゆく

遠花火

比叡山三首

たえまなく水皺よする風吹きて若葦の群れひたにおきふす

霧ひくく杉の木立にたちこめて比叡は永久の祈りただよふ

人の世のうたたかなしき音《ね》をつたへ杉の木立に沁みゆく梵鐘

詩仙堂の竹の落葉の上にふる雨の寂かなる音を聴きをり

石楠花の嫩葉《わかば》のみどりつよまればおのづと土に崩れゆく苞

アマリリスにアマリリスの花あかく咲くこの当然のふいにかなしき

ぴたぴたと鮒のあぎとふ水音をめざめし夜半の闇に聞きをり

才覚もなく慣らされて方形の水に尾鰭を振りゐる金魚

ひとひらの彩なす雲に素手垂れてもはや鳥にもなれないわたし

ひたすらに夕暮れしろき梔子の匂へば須臾のいのちさやげり

かく脆く生きてもみたし短夜の闇の果てに散る遠花火

唐招提寺二首

金堂のいらかの反りの寂けさに紙よりうすくかかる昼月

天平の鴟尾のよごれを今いちど眼にたしかめて南門を出づ

恵美とふ愛らしき名に健やかに育つ初孫《うひまご》明日は帰ると言ふ

子も犬も秋野をもどらず西空のひくみに夕星またたきそめぬ

少年の息ひそひそと見えそめし子と摘みてゐる秋草の花

あたらしき帽子のまるみくづしゐる黙ねんとして広き子の肩

人のこころ恃《たの》みつつゆく額《ぬか》刺して利鎌《とがま》のごとき寒月ひかる

除夜の鐘すぎて帰れる父を待ち正月のもの購ひにき母よ

明日は立春

（昭和四十四年）

新しき年ひらきくる風音とおもひをり眠りのおくに覚めつつ

ときたまに木履《ぽっくり》の鈴駆けぬけて何ごともなき三日の日射し

よみがへるもののいくひらきらめきて手にとれば手に消ゆる粉雪

夜しごとの灯を近づけてみづからは羽織ることなき朱のコート縫ふ

日溜りの春蘭筆の穂のやうなつぼみをあげぬ明日は立春

「お母さんも好きな子あつたか」末の子が湯槽のなかで声ひそめきく

雨となる午後の炬燵に卒業式終へてきし子が寝息をたつる

夕雀いつとき騒げば小舎の犬もつともらしき顔に見上ぐる

薩摩堀　阿波堀　阿波座おらびつつ肉親もとめしわれの罹災地

「可惜身命」赤き縫玉に祈りたる千人針も君も還らず

日の丸の小旗うちふりこの駅に見送りてよりふたたび逢はず

折をりに諳ずる文あり君は杳く南の海のいくさに果てし

わが今朝のこころに見れば往還の人みな哀しみを零しつつゆく

生きること徒労のごとくおもふ日の空は茜を刷きてうるほふ

寧楽 I

山野辺の径四首

軒端たかく柴木を積める村をゆき胸もと熱くかへる思慕あり

玉砂利の音かさねゆき大三輪の雨にあかるきお山拝《をろが》む

雨降れば雨に晒され石仏は笑ひつづけむ石となるまで

たひらかに雲かげうつす池みづの樋門をはしるときの激しさ

飛鳥めぐり四首

野の川のふいに激ちとなるところ陽光《ひかり》をはねてしぶく水玉

陽のさやぎ鎮まりやまぬ春やまに音をひそめて降る落葉あり

岡でらの甍の上の藤波のゆるるむらさき背伸びして見つ

西向けば忽ち出水するといふその亀石の目見《まみ》しづかなる

朝の陽に今しほどけむ石楠花の新芽のめぐり空気がうごく

柳生街道

径の辺に転がりゐます寝仏の幾百年を寝足らひし顔

萱のやま大きく樹林になだれゐてそこより過去に入りゆく小径

石窟におぼろとなりて並びますここのほとけの息のおもさよ

柳生路のあかるき昼をもつれつつ蝶は茶の木の畑越えてとぶ

ひとしきり風にのりくる花栗の匂ひの巾に捲かれて佇ちぬ

いとけなき私がそこにあるやうに犬蓼の穂のべにが揺れあふ

円城寺

おのれ籠るはかなきものを綴りをり蓑虫枝の先に揺れつつ

蓑蛾の雌は哀しきものか出づるなき巣を編みつぎて待つのみの生

月見草の花びらで翅をつくりましよう　ひと世さおまえを翔ばせやりたく

文楽二首

魂すでに人形の裡に喘ぎつつ紋十郎師のうごかぬ視軸

幕おりてがくりと木偶《でく》に戻りたる光秀を黒衣《くろご》が抱へてゆけり

月光蒼く真黍の葉ずゑぬらす夜を復員の夫に縦きてのぼりき

岩船寺二首

眼になれて堂あかるめば粛然と在す仏や胸のゆたかさ

蔦もみぢおのづからなる供花かとも笑ひ仏の石を彩る

垂直に檜葉を降らせて風過ぐる円照寺のみちだれにも遇はず

平田の渡し

（昭和四十五年）

若松におのづとやさし南天の朱実を添へて年を迎ふる

消えてゆく平田の渡し惜しまむと三月三日着ぶくれて出づ

幾たりか見知りの顔にも行き遇ひて今日の渡し場祭りのごとし

雪しぐれに花提灯もちぎられて流れにたゆたふ二つ三つ四つ

舷をかざる花提灯と揺られゆき乗船記念のカードを貰ふ

上るとも止むとも見えて揚げひばり曇りのなかの一点となる

江口の里三首

雪ぐもる江口の里の樟の木に時を戻して群れゐる鴉

椋《むく》の木の根方に騒音遠ざけて眠る君塚と西行塚と

兜ふたつ重ねしごとき君の堂の甍おぼろと雪しぐれする

なめらかに量感もちて流れ来《こ》し春水ここに堰かれて激つ

鳥取砂丘

行きゆけど砂ばかりなる砂丘《すなをか》のこの単調のふいにおそろし

しほなわの沁むる渚よふるさとの稲佐の浜につづくとおもふ

ほうほうとさ霧うごきて遠かすむ砂丘もひとももまぼろしのなか

ふるさとは此処より近し旅にきく下り夜汽車の汽笛かなしも

ニスの香

叱りつけて登校させし子が泛ぶ新聞の文字眼には拾へど

さりさりと今日炊く米を洗ひをり反芻《にれが》むほどの愛憎もなく

夕つかた夫の刷きたるニスの香が終ひ湯の窓ひらけば匂ふ

寧楽 II

東大寺二首

たなごころひらかせ給ふ大仏のわが指形に似れば親しも

講堂跡の疎林愛《かな》しも松の実をかかへて栗鼠が梢にあそぶ

法華寺四首

ももちなす文をまとひて横笛の上ぐることなき目見《まみ》のかなしさ

須弥壇のうすきあかりにおく時華《じけ》のつばきのしろの誘ふまぼろし

み足やや踏みだし給ふみほとけよ蓮の台座を降りてきますか

菜の花や夕づくいろににじみつつそこのみおぼろと昏れのこりをり

茫々と周《めぐ》りの山は昏れながら遠くれなゐにうるむ海の面

苔寺のこけのみどりへほろほろと小紋模様に散る花あしび

さし仰ぐ南円堂の風鐸にうごくともなき雲移りゆく

無造作に阿弥陀三尊在します一切経伽藍のふるき寂けさ

足冷ゆる気配に覚めし明けがたを風鈴かろき音に韻きあふ

水引草紅ほつほつとつきそめて雲の移りもしづかになりぬ

摘みてこし穂草にりんだう挿しそへて置けばわが部屋秋の匂ひす

消えるために燃ゆる烈しさ夜の空に撒きてかりそめの絵となる花火

穂綿ひとつ用あるごとく舞ひ入りてしばらく漂ひ吹かれゆきたり

葡萄園のぶだうの甘さに飽きし子が草かきわけて虫のこゑ追ふ

高き低き影落としつつ子らとゆく野の面はだらに草もみぢして

草じらみびつしりつけて子も犬も堤の傾斜ひらひらのぼる

（昭和四十六年）

心鈴

はすかひの日射しに肩をあたためて京の市電に運ばれてゆく

冬日いま木津の流れに一条の光を投げて落ちゆかむとす

大門へつづく松並みおしなべて同じ高さに菰の帯巻く

奈良坂

紀三井寺二首

海の面とおなじ高さに甍ありいらかを越えてしぶく波見ゆ

松原のあはひに砕け散る波の破片のごとく鷗らはとぶ

粉川寺三首

とこしへに穿《は》くことのなき草鞋《わらじ》さげて山門ふるく栖みます仁王

ささげまつる香のひとつは稚くて逝かせしわが子の霊に参らす

二十五年の歳月早しいつの時もわれに顕ちくる子は稚《いとけな》く

東畑梅林

蜜柑山のなぞへの畔《きし》に干藁の温みを敷きて握り飯はむ

満願の滝

絶え間なく水現はるる滝口の青葉の上の一掬の空

卒業証書眼よりも高く受けて子はロボットのごと踵をかへす

雨の横町まがればふいに青臭き匂ひながれて黐《もち》の花咲く

走りくる潮の穂さきに跳びあがり跳びあがりつつ磯蜷《いそにな》拾ふ

江尻

時雨とほく降り過ぎ萩のつけそめしはつかの紅も濡れてひかれる

ひとときの時雨は霽れて海面より生《は》ゆるがごとき太き虹立つ
由良海岸

和田浜二首

灯を消せばいよいよ近き潮騒の瀬音のごとく枕にひびく

松原の梢をめぐる薄明にかそけくのこる鮎形の月

汗入れて見おろす方にまぎれなき青ひといろの蒲生野ひらく

岩間寺、穴太寺、壺阪寺

夫掘りし山独活の芽よ清らなる香をこぼしつつ双手にあまる

二杯酢のうどの旨さなど話題とし岩間の寺の山坂くだる

茎ふとき虎杖《いたどり》折ればいさぎよき真空音が谷に韻かふ

てのひらに豆おくごとく「ままこの木」は葉の真ん中に実をもつといふ

とつとつとギターひく子がだしぬけに朴歯の下駄を履きたしといふ

血のおもさ負ふことなければ朝風に犬は白毛《しらけ》そよがせてゐる

母われを拒絶して広き子のそびら罌粟色のセーター素肌にまとふ

ふるさとに万九千さんとふ祭ありき蜜柑をむけばあはれ香に顕つ

梅雨くらき葉かげにひとつひらきたる梔子の花つくづく白し

帰郷 II

衿たてて降りたつ真夜の山上は騒々しきまで星のこゑする

夥しき星座の数に眼を張りて麻疹のやうだと少年がいふ

みつまたの花にそひゆき往生石かぶせるのみの墓に近づく

戦ひの終りまづしくありし日に逝きたる吾子をここに埋めにき

死にたるは夢よと子を抱き上げて頬ずりせしとき夢は覚めたり

おほかたは山より出づることなくて逝きしとぞ墓は低く寄り添ふ

炉火あかく透かせて夫の帰還待つわがてのひらの温かかりし

追憶はとほく愛《かな》しも尾根越ゆるひと筋の道ありて日がさす

ピンクのリボン　（昭和四十七年）

「家内安全」「入学成就」欲深きことのみ申し柏手をうつ

洗剤の匂ひほのかにのこる肌着面接に行く子の枕辺に置く

面接試問の子に付き添ひて術もたぬ吾れはひたすら経を誦しをり

無口なる子が貰ひきしチョコレートピンクのリボン結びてありぬ

浅間山荘事件

人間が人間の眼を撃つ非情テレビが刳りわれが観てゐる

人ひとり死にたるにぶき銃音も放映なれば確かに聞きたり

昭和四十七年二月十九日

白き道

六波羅蜜寺二首

みほとけと並びて在す運慶像人間くさき皺ふかくもつ

唱名が仏体となり口ゆ出づる空也上人の脛のほそさよ

境内を埋めむばかり鳩群れて六角堂は春日のなか

花山法皇慕ひきし女御ら住みしといふ尼寺《にんじ》の里の花冷えに遇ふ

花山院

塀に倚りてをさな児ひとり佇ちゐしが「変身」と叫び駆けてゆきたり

帰り遅き子の言訳に頷きぬ偽り少しあると知りつつ

何処よりの白き道かも魂の喘ぎ戻りし瞬間に醒む

高野山二首

取り替へてもとりかへても墓石裂けるとふ光秀の怨念噴き出づるべし

敗れしも破りたりしも一様の石塔にして墓地に降る雨

善光寺志賀高原

紗のごとき十五歳《じふご》のこころに沁みゆかむ信濃の春よかがやきてあれ

旅に立つ昴りかいつとき賑はひし車内やうやう静かになりぬ

支へやる肩に体温しなひきて寝息かすかにたつる少年

まるき穴あけたる箱が積まれゐてひよこら鳴けり払暁《あさ》のホームに

町屋根の上おもむろに透明となりゆき始発の時刻近づく

明けそむる車窓に突如顕ちきたる陶器のごとき雪山の肌

走る車窓《まど》に位置移りつつ妙高の鶏冠に似し雪嶺光る

山の名を問ひかけてより車掌きみは声よせゆけり車内の行き来に

いまだ冬のかなしみいだき雪脱がぬ妙高の山黒姫の山

スイッチバック返してふたたび入りてゆく町屋根あかるき風景のなか

陽に匂ふりんご畑の下草ゆタンポポの花は噴くごとく咲く

真青なる空の深きが淋しかり花りんご白き信濃路にして

初めて見る白銀世界に感情の高まりしか子の饒舌となる

息喘ぎのぼりきはめしカルデラのいふべくもなきその水のいろ

一抹の雲かげもなし火口壁のあらき傾斜の頂に佇つ

どのやうな明日を描きゐむ子の眼いま確かに燃えて雪山を見る

ひらめかす何ものもなき手を束《つか》ぬ現身《うつしみ》とほく雪は耀ふ

雪原の彼方へつぶてとばしゐるわが少年の藍炎ゆる眼よ

雪匂ふ北アルプスは旅の眼に泛きつつ遠くなりてゆきたり

丹前にはにかみてゐる少年を映して宿の窓夕焼くる

旅ゆゑの感傷か灯に青透けるわが静脈の今宵美し

子の入院

いよいよ子の手術日か今朝茶柱の立ちたることも支へとなしつ

もどかしく立ち居するより術のなし「手術中」のランプ眼にあざやぎて

手術終りし子はうつろ眼に見まはして再びふかき眠りにおちぬ

子をながく責めし結石やはらかき象牙いろして医師の掌にあり

術後の痛み舌打ちをして耐へをりし子がうちつけに髪掻きむしる

刺傷さる

傷の程度問ひ返す吾れに兎も角も来よとふ受話器の声あわただし

担送車に運ばるる夫よ呼びかくれば血の失せし顔僅かに歪む

同僚をも刺しゐる凶器やうやくに取り上げ夫は昏倒せしとぞ

同僚《とも》の死も新聞ニュースもひたすらに隠され夫の点滴《てんてき》注射つづく

生き残りし夫にかはりて友の葬へ喪の帯ひくく締めて列《つら》なる

ベッドにて事情聴取されてゐる夫の言葉へ息おしころす

受賞の旅

半身を引き伸ばさるる心地して見送りの子に手を振りつづく

樹々つたふ霧のしづくに髪ぬるる朝の神宮外苑しづけし

丈ひくき蓼もあかざも野いちごもみな紅葉して風に吹かるる

二見浦

（昭和四十八年）

沖冥きかたより白浪蹴たてつついま新年のうしほ満ちくる

元朝の波ひたひたと見えそめし岩屋の参道の濡れいろを踏む

とりどりの大漁幟りはためきて二日の船瀬晴れてしづけし

しほはゆき風に育てば浜菊は木肌のごとき太き茎もつ

やうやくに傷癒えし夫の出勤を今朝あたらしき思ひに見送る

三十三間堂二首

早春の京のしぐれをくぐりきて千体菩薩のやさしさに逢ふ

眼怒り下界を見据ふ雷神の筋たつ五体脈搏つごとし

蠟涙

けもの臭き匂ひたたせて少年の脱ぎゆけるもの両手《もろて》にあまる

裡らなるこころは言はず籠る子が時をり激しくギターを鳴らす

息おもくなり来し少年を呼ぶときのおもねるごときわが声さぶし

うしろより見守りくるる父の眼を覚えつつ背きし若き日ありき

子の域に近づかむとひそかに努めゐる夫みれば夫の涙ぐましも

憑きものの落ちたるごとく今朝は子がいと素直なる物言ひをする

紕したき思ひを抑へ帰りきし子に温き夕飯を盛る

充足の日々とは云はね梔子の匂へばにほふやさしさにゐる

棕梠の葉のかたきささやぎの上におく小さく涼しき十三夜の月

わが裡に傷みとなりて染みのこる匂ひあり何の花かは知らず

比良も伊吹も視界に遠のき一眸の水平線の澄み透るいろ

竹生島

川の瀬に昏れのこりつつ人らゐて地絡《ちらく》のごとき釣糸を垂る

浜木綿のほのあかる駅ふたつみつ過ぎつつ夜汽車は紀伊に入るらし

翔びたたむ怪鳥とも見ゆ薄明の水平線に立つ積乱雲

滝口にひとひらの雲移らせて那智大滝の落つる明るさ

街灯の火の輪をめぐる蝙蝠よ閃めきつまた闇にまぎれつ

美しく滅びてゆきしもののふを顕たせて吉野に咲く花茗荷

いくたりの女人が泣きて駆け込みし東慶寺の雨に木犀匂ふ

聖林寺三首

捨てきりて捨て切りてあるやすらぎに天平観音み掌《て》ひらきます

ほろびに入る須臾の明るさたもちつつ刈田の径に草紅葉する

爆ずるごとき茜背にして鎮もれり二上山《ふたかみやま》は昏れむとしつつ

石井寺三首

のぼりゆく忍坂《おさか》の丘は人絶えて前もうしろも木の葉降るおと

十七本の松吹く風もわびしらに鏡王女ここに眠らす

小流れのはしるやさしさ溝蕎麦の花の顫へのかげよりひびく

諍はぬ互ひとなりて秋の夜のひとつ灯影に手習ひをする

春の雪

（昭和四十九年）

流れゆく夜の羊雲月光を抱《いだ》くとき淡き光彩まとふ

春の雪みだれ降りしが庭苔にてのひらほどとなりて光れる

終の日のわが幻覚の斯くあれな玻璃戸に朝の雪乱れ舞ふ

受験勉強に余念なかりし子が突然けもののごとき声に伸びする

春の雪ひしめきて降る校門を卒業の子らこゑあげて出づ

夕あかり仄かにのこる川の面に砕けつつ光澄みゆく繊月

方形の囲繞のなかにただよへるおぼろおぼろのわが木偶《でく》の影

裏庭につね繋がれてわが犬よ半円すらも描けず尾をふる

おしろいの花

しづかなる宵やみありて匂ひくる犬曳く道のおしろいの花

たましひの翔《か》けりてゆかむ刻となり夜の閂《かんぬき》ひそかに外す

いくたびか雨降り過ぎて庭木々のしたたるばかり若葉となりぬ

いふほどの命ならねど折々の心愛《かな》しく紡ぎてゆかむ

大和国原

幾何模様展ぶる国原かすみつつ大和三山ひくく置きたり

錫いろに光る溜め池眼したに散らして遠くかすむ三輪山

パノラマなす大和国原よく晴れて徐《しづ》かに雲の影うつりゆく

帰り遅き子

いづべより起ききし風か菖蒲園の花をめぐりて花に消えゆく

心痩せて子にかかづらふ明け暮れよ花ざくろいくつ実をむすびゐし

戸の外の音に総身しばられて雨夜を遅き子の帰り待つ

帰り遅き子を待つ夜更けのガラス戸を人影泳ぐごとく過ぎゆく

炎天の舗道に降りてきし雀影かろがろと抱《いだ》きてはづむ

遊び呆けて夜道を迷ひ戻りし子　家の灯が見えたと泣きて縋りき

長じての麻疹おもしと知りゐつつ不覚にも子の病状進めぬ

滴々と子の静脈に入りてゆく点滴暗き灯かげに見まもる

点滴よりも甲斐なき吾れか背をさすり眦《まなじり》の涙ぬぐひやるのみ

子の点滴見まもる夜半の病室に白く扁たく人ら眠れる

行きゆきてなほ行きつけぬ殿堂をあくがれにつつ齢《よはひ》かさねし

木枯しに吹き散る木の葉それぞれに命を得たるごとくとびゆく

光芒のなか

（昭和五十年）

去年今年流るるしじま眼つぶりて出逢ひとふやさしきものを思へり

邂逅の尊さしみじみ嚙みしめて命しづかに迎ふ新年

しんしんと夜半ふる雪よ街灯の光の輪より生《あ》れくるごとし

生享けし歓びや斯く華やぎて光芒のなか雪はづみ舞ふ

子猫の死三首

街路樹の根方の土に頰埋めて子猫が凍えてをりました

すやすやと乳房の夢をみるやうに子猫は死んでゆきました

空いつぱい哀しみの鈴ふるやうに星がまたたく夜でした

風花のごとく届きし賀状あり若狭のひとの繊きかな文字

法然院、哲学の道

法然院の竹やぶの空ぬきいでて寒椿いちりん紅をかかぐる

萱ひくき山門くぐりて盛り砂の白き流紋《るもん》にこころを漱ぐ

杉たかき樹頂を風の騒ぐのみ法然院のなるき坂ゆく

京言葉の九官鳥ゐて茶店やさし甘酒のぬくみ両手《もろて》にかこふ

火となりてこころ死にたき日もあらむ炎《ほ》むら背負ひて立つ不動尊

岐路いくつそのいづれにも入らざるを清しかりしと言ひて淋しも

枝蛙鳴けば雨を云ふひとの片へにありて安けし　今は

歌会はてし夜更けの舗道にしろきものまじりきて雨は霙となるらし

ひとつ残る蟹を値切りて商店街の寒の戻りの灯を踏み急ぐ

おのもおのも巣立ちてゆけば産み後のごとき安らぎかへるといふか

のりつけほーせ

「のりつけほーせ」鳴くゆゑ明日は天気とぞおばばの膝に聴きしふくろふ

わが胸にあつく愛しくゆき戻る出雲の町よ杳く懐かし

落椿糸につなぎしふるさとの寺庭よ記憶のなかに陽あたる

「おみやげ三つたこ三つ」肩たたきあひ散りぢりに別れし杳き夕ぐれの辻

こぼれ餌をひろふ雀あり洗ひ流す飯粒あつめて木に吊るし置く

やうやくに餌付く雀と見るうちに今朝は五、六羽うちつれてくる

貴船

壮んなる渓の流れに山吹の花ほろほろと顫《ふる》へて止まず

新緑の匂ひをけりて何鳥か羽音するどく翔ちてゆきたり

滝みづのつくる波紋が水面《みのも》敷く落花の膜のしたくぐりゆく

人知れずいのち朽ちゆくけものへのレクイエムか山は百花《びやくげ》を灯す

六月の雲

鑑真和上（山雲度濤声）三首

受難の日のおん姿かも海風を怺へ撓ふるひともとの松

うつしみの熱き涙をささふまでおん眼しづかにとぢます和上

寂然と岩を置くのみ逗子をめぐる滄海のいろいふべくもなし

育ちゆく過程なるべしみづからを宥めすかして眠る薄明

厭《いと》ひゐし齢といつしかなりはてて朝夜を子にくどくどと言ふ

子を生せしのみにて終る一生《ひとよ》かも前空しきりに稲妻奔る

一つまたひとつ風にこはれて消えてゆく虹彩こめて透くシャボン玉

とり戻したき過ぎゆきのあり速やかに逝かせたき現在《いま》あり玉すだれ咲く

花びらのかたちたもちて四天王寺の塔を離れぬ六月の雲

太融寺のせまき隈みに苔ふきて苦渋のごとし淀君の墓は

奥の院へわたせる長き登廊の段ゆるくしてどくだみ匂ふ

いつの世もをみなの愛はかなしかり道成寺山内蟬しぐれふる

祖谷三首

くれなゐの雲おごそかに綾なして瀬戸の内海明けゆかむとす

露草に光れる露をほたるかと紛《まが》ひつつ夜の祖谷《いや》みちのぼる

気流となり吹きのぼりくる朝霧の微粒かすかに湿りをふふむ

葛の葉

高野山宝亀院三首

筆致あらき「岸駒《がんく》」の虎が八方に眼《まなこ》くばりて水呑むところ

遁れ来し甲斐なく若き秀次の自刃の間とや　意外に明るし

くれなゐの穂にいでそめし花すすき手折りてもてば風を誘《いざな》ふ

唐招提寺観月会二首

置燈籠の灯にみちびかれ御影堂につづく砂《いさご》の月かげを踏む

みのり田も村屋も版画さながらに満月の統ぶる下びに低し

ひとつ葉はひとつのみなる葉を立てて花をもたざり実をむすばざり

文楽三首

母ゆゑのひとつ嘆きよ人形も現身われもこころむせびつ

萩すすき野菊の揺れにも怯えつつ去りゆく狐あはれ葛の葉

思い遺るこころをもてば近松のをみなは愛《かな》しおさんも小春も

帰郷 Ⅲ

茜凝る空おもむろに透明となりゆき今か陽がのぼりそむ

杉坂や白、オレンジの瀟洒なる隧道《ずいだう》ぬければ美作の国

霧ゆ韻く川瀬の音をさかのぼり神庭《かんば》の滝のとどろきに立つ

苔つたふ清水の滴りつらなりて銀簾をなす玉垂れの滝

野猿をよぶ餌づけの声がこだまして露けき朝の谿にひびかふ

出会拍子に竦む吾れらを一瞥《いちべつ》し猿はふぐりを揺らしてゆけり

一望の青き起伏《おきふし》まぼろしに似て放牧の牛ら草食《は》む

のびやかに裾をひろぐる桝水原《ますみづはら》の草の面擦《もす》りてゆく雲の影

水際のみ波しろくたち弓が浜おほき曇りの下に弧をかく

貧ゆゑに出でしふるさと頑なに拒みつつ父のながき歳月

売り払ひし家の柱の太さなど繰り言に嘆きし祖母も逝きたり

祖母も父も時の彼方に流れゆき畳々と青しふる里の山脈《やま》

山に山の影落ちかかり急速に夜となる峡の湯宿に憩ふ

ポケットに常にひそめゐし父の記す住所書の紙片すり切れてあり

息苦しきまで徹りくる虚しさゆ遁れむと闇に寝返りをうつ

乙女椿

（昭和五十一年）

ゆふべ夢に魂触れあひし子とわれの対へば互《かたみ》に素直ならざり

縁うすき子かとおもへりうるむ眼に春星ちさく尾を曳きて消ゆ

ふるふると雨滴ひからせ立春の雨に山桜桃《ゆすら》のさ枝うるほふ

みだれゐし白雲いつしかなくなりて蒼海をただよふごとき満月

風花の散らつきそめし植木市あがなふともなくめぐりて楽し

焚き火離れぬ植木屋と値を掛け合ひて乙女椿のひともとを買ふ

何鳥か芥のごとく片寄れる濠の面寒く走るささなみ

降り乱れやがて寂けく春の夜の雪は八つ手の葉につもりゆく

月ヶ瀬

軒を凌ぐ漬槽《つけぶね》いくつ置き据えて月ヶ瀬の里梅を商ふ

霧吐ける尾山の峰を仰ぎつつ花には早き梅渓くだる

春泥を踏みのぼりゆき下りゆきいまだ匂はぬ梅林の径

苔衣まとふ老梅枝がちて木末かそかに霧のうつろふ

万華鏡はじめて覗きし幼な日の惧れにも似てはづみしこころ

水間寺、室生寺

真愛しき少女のごとく咲き匂ふ瀬音のうへのからなしの花

一切は関り知らぬ面体に蟾かさなりて車道をわたる

小雨けむる阿弥陀ヶ峯にのぼりゆきこだはりひとつ棄てて来にけり

石段をのぼれば徐々に樹の間より宝瓶かかげし塔の立ちくる

猩々袴叡山かたばみ鏤めて元山大師堂道しづかなり

釣りびとに釣り棄てられし鮒の子が夕昏れてくる道にあぎとふ

禱りもたぬ人のこころを懼れつつ棄てられし鮒水に返しぬ

石楠花の袿《うちかけ》かさねしをとめごに似て室生寺の可憐なる塔

リズミカルに並ぶ金堂の十二神将怒るあり憂ひに沈めるもあり

からからと透きのこされて空蟬の風吹けば哀れ立つ構へする

木草みな眠れるごとき寺の昼　寸取虫が寸取りてゆく

それぞれが自己を主張しやまぬかに突兀《とつこつ》と立つ播磨の山並

竹煮草うちそよぎつつ川に沿ふ道はひとすぢ山に入りゆく

高野山

高野山二首

参道の杉のほ洩るる月明り並ぶ五輪の塔婆を照らす

声妖《あや》しきはむささびならむ皮膜しろく闇を辷《すべ》りて枝移りたり

どのやうに美化してみてもつづまりは鬼子母に過ぎぬ吾れと思ひき

言へばかなし言はねばわけてかなしかり血族といふしがらみのなか

とつおひつ思ひ倦《あぐ》みてつづまりはなるやうにしかならぬと居直りてみる

こだはりは棄ててしまはむゆく水に　裾をはらへば草いきれたつ

生涯を通してみれば何ほどの躓《つまず》きならむ子よ越えてゆけ

翼いまだおぼつかなきに翔たむとす二人の旅の安からむとこそ

眉よりも細き新月うつくしとのみ書き記す子の誕生日

いくばくのものあるごとく無きごとく夜陰とほしてみゆる残生

急ぎ戻る眼路にわが屋根見えそめて網うつごとく夕やみはくる

おほかたは煩瑣《はんさ》を避くる生きざまに過ごしきたりし　振りむき見れば

惑ひつつ流さるる身が他界より見おろすごとく見ゆるときあり

ほろほろと心よわりて在るときは黄泉平坂《ひらさか》越えて父よ逢ひたし

おのづから花を離れし花苞《づと》の落ちてしづけし庭土のうへ

行く方は如何なるとも事ひとつ折紙たたむごとく成りゆく

軒ごとの青きすだれを波と揺り地蔵会のかぜ路地を吹きぬく

下草のみをうごかしてゆく風のありたまさかの熱に臥す昼さがり

蓑　虫

芳春院の白き土塀を攀ぢのぼる蓑虫淡き影抱《いだ》きつつ

美しき変容もなくみの虫はうち晴るる日も蓑を負ひつつ

身ひとつを鎧へるほどの巣にひそみ蓑虫ゆれをり待つのみの生き

ちちのみの父のいろして穏やかに日ざしのわたる枯野べをゆく

伴ひて秋野をめぐる夢を見き汝が魂も野に遊びしや

台風の逸れて絹ひく秋雲や遠くはかなき旅をおもへり

鳴かねばならぬ鳴かねば死ねぬ庭隅のひとつ蟋蟀夜すがらに鳴く

一陣の風吹きおこり山門の公孫樹の黄葉《もみぢ》奔放に舞ふ

中山寺

絆いま解かれて空を吹かれ舞ふ地に着くまでの枯葉の自在

平坦を求めあゆみて今更に「ハクサンイチゲ」の花など恋ふな

五報山光明寺

北条五百羅漢

鑿《のみ》あとの稚なく五指をひらくあり組み合はすあり石仏五百

線に彫るその手のかたち淋しきに昼のこほろぎまた鳴き止めり

もう石に還りたかりしよ顔欠けて阿羅漢一体秋草のなか

切れ長の眼にそれぞれのかなしみや北条石仏過去を語らず

川曲《かはわた》の石越えなづみ漂へるひと葉の不遇をみつめて佇ちぬ

入れ忘れし洗濯物や星ひとつしたがへ立冬の月冴えてをり

群雀とびたつなかに黄のインコまじりて共にとびゆくあはれ

オリオンの冱え

（昭和五十二年）

新春《はる》支度やうやく済ませ浸る湯に去年《こぞ》は今年と歳移りゆく

この凡庸を倖せとせむオリオンの冱えうつくしく大寒に入る

北風《きた》南風《みなみ》吹き替りつつ確実に夫停年の季となりゆく

かの変もかかる日ならむ杳やうと弥生三日の街に雪降る

楯の会

水尾二首

すめろぎの隠棲《すみ》あとどころ水尾は水清くして柚子育つ里

これの地に一生を乞ひつつ天皇《スメロギ》のみ骨となりて還らしし山

清和天皇

帰郷（祖谷）Ⅳ

定年を迎へし夫に従ひて阿波大歩危の駅に降り立つ

吉野川の激ちしだいに眼の下に遠くなりつつ尾根回りゆく

渓をわたる風すぢありて断崖《きりぎし》の桜ひととき帯状に散る

山畑の斜《なぞ》へ明るく三椏の花を育てて夫のふるさと

官職を離れし夫に安らぐとくり返しては義兄《あに》の言ひます

やがて峡に終るいのちと思ふとき眼ぶた熱く涙あふれ来

夜もすがら筧に水の溢れつつ庭も遠嶺も月明のなか

ふるさとに命かがやく夫見れば吾れはも此処に息をひそめむ

せりせりと走る水あり幾むらの山葵《わさび》すがしき水音に育つ

花穂たてて一人静は咲きゐたり咲きて淋しき花とし思ふ

身じろぎも叶はぬ狭き止め箱に尾長鶏《オナガ》かなし尾羽生み続く

土佐

木曾路

篁にそふ柴垣の親しさよはるけき父のこゑきくごとし

伏見

音もなく八つ手広葉に降りそそぐ雨は葉さきより条ひきて落つ

幽かなる音ききとめて佇むに啄木鳥は幹をまはりて隠ろふ

崖腹を道は危ふくめぐりつつ木曾路は今し花栗の季

落松葉にきつねのもとゆひ吹かるるを仰げばあはれはろばろと来し

這松の低き平を雪渓に真向ひゆけば吸はるるごとし

林越えて閑古鳥啼けりみづ藍の霧うすれゆく旅の朝明け

「駒の湯」の夜の闇厚し山川の激つ水音に涵《ひた》りて眠る

満場の拍手に壇を降りむとし人はさびしき後ろを見する

（井上靖先生）

甥の死

俄かなる子の死を告ぐる弟も応へる吾れも胴震ひつつ

みづからを凍結せしめし位置ときくぶなの根方に香を参らす

死の際の汝れの吐息のこもりゐむ木の実か知れず雪より拾ふ

かりそめのごとく過ぎきて振りむけば　茫々とつむ歳月ばかり

あぢさゐ寺

（昭和五十三年）

踏めば鳴る止水栓の蓋よろこびて一歳の孫ゆきもどりする

洗濯もの終りて軒場に吊しおくゴム手袋に表情のあり

墓地を得し安らぎ互ひに言ひにつつ齢重ねし吾れらと思ふ

或る日ふとさ迷ひきたり十余年の愛しみのこしチロは死にたり

目もと愛しき犬なりしかど彼岸会のけふは何処のあたりさすらふ

うつそみのいのち染まるとおもふまで今年竹青き石仏の径

必ずや岐路には在す石仏に踏みまどふなく山をめぐりぬ

子よここに遊んでゐたのか呼びかけて淋し地蔵の許なる童子

あたたかき水子地蔵のまなかひに遊べる女男の童像かなし

石組は流れとや見むこの寺の紫陽花の藍谿に溢れつ

つままむと躊躇ふ指さき疑ひを知らぬ小虫が這ひのぼりくる

あなさびしおのが我執の断てずして聖のごときもの言ひをせり

杳《はる》かなる母が化粧《けはひ》し鏡台の紅刷毛恋し夏あざみ咲く

水仕事くり返す母の単調を訝しみたり若きこころに

竹落葉風に流れて篁に捉へがたなき刻移りゆく

嵯峨野

嵯峨野なる野の宮神社のおん前に茅の輪あたらしき朝を来遇はす

とめどなく散る竹落葉さびしめり念仏寺の裏山にして

聞きとめしほととぎすの声いまいちど聞きさだめむと息凝らし待つ

出雲三首

十歳の記憶の襞にたたみ来しふるさとの絵図おほかた正し

父祖の墓移す旅ゆゑふるさとはいよいよ遠きものならむとす

薄絹をひきたるごとき宍道湖の朝もやの中しじみ採る舟

夫には夫の感懐あるらし流れくる古賀メロディーに眼をとぢてをり
（古賀政男死す）

みんみんにかはりて今朝は熊蟬の来鳴けり一夏極まらむとす

パフのやうな卵嚢かかへひそみゐる蜘蛛のこと家族のだれにも告げず

能登半島へ

徐行する車窓より仰ぐ伊吹嶺の空はいちめん星くづを撒く

つつましき灯火も過ぎて越に入る辺りか車窓の闇透かしみる

月見草かすかに揺るるそがひより夜のひき明けの海が見えそむ

所詮海は若者のもの裸身より滴る雫ひかり耀《かがよ》ふ

若きとゆく旅に疲れて夕潮にたゆたふ芥みつつわがをり

いつしかに暮れし海界水脈ひきて烏賊釣る船の灯影ゆらめく

なほ北へ明日は旅立つ夕ごころ町に朱塗りの箸置を買ふ

羽ばたかぬいのち悔しとおもはねど眼《まな》じり熱く涙ながるる

貼り終へて雪あかりほどの明りたつ障子の部屋にしばらくなごむ

降りいでて透綾のごとき篁の雨に魚身となりて濡れゆく

紅葉明りくぐり来しゆゑとざすともからくれなゐに炎ゆるまなうら

かいなでてやさしかりにき子の髪の日向の匂ひよ杳き日のこと

手術

（昭和五十四年）

手術受くる決心やうやくつきしとぞ受話器の声の意外に明るし

三角巾に髪つつまれて手術待つ夫よ征きし日のごとく清けし

昏睡のまも絶えまなく管をへて滴りつづく尿といふもの

三日三夜看取り籠りて病院を出づればふとも足許ゆらぐ

振り向かず帰りきにけり戸を閉せば所在なきまで雨の降る音

まなぶたを閉づれば見ゆる一樹ありき護符としながく疑はず来し

あくがれて何待つかたち葉交なる椿すこしく上向きて咲く

敦盛

敦盛の首洗ひしとぞ池水のよどみて浮かぶ雲影もなし

花冥き椿の山を背向《そがひ》とし亡び哀しき敦盛の塚

春山のむらさきだちし樹々こえて街屋根はあり海になだるる

薄絹のブラウス

若葉あかり身に映りきて明日は着む薄絹のブラウス街に求めぬ

風強き日の運河にて掃き寄するごとく折をり風波走る

逆さ波たつ流れ凝《み》をれば上体ののめりゆくかとふと錯覚す

逸れきし萍《うきくさ》ひとつまたひとつ田川の水に流されてゆく

魂は母に還りて眠りゐむあどけなく安らけし兵の死顔

戦争展

父母をこよなきものと生ひし日よ遠の茜に入りて還らず

老母の息づきのごと門灯の点れるを見つつ素通りしにけり

近視に加ふ老いゆゑの「硝子体混濁」と若き眼科医ことなげに言ふ

海中《わたなか》の木ぎれに羽根を折りたたみ一羽の鷗波にたゆたふ

わが水脈に点となりつつ海原に漂ふ鷗の孤独遠のく

通勤定期

通勤定期といふを頂けり生涯に初めてなればつくづくと見つ

浜野会計事務所勤務

乗り合ひしエレベーターの気づつなさ眼をあげて移る数字みてをり

水鳥のみづ掻く修羅は知るなかれ靴ひびかせて街路樹をぬふ

通勤の一員となり地下駅の朝の流れに歩を合せゆく

うら若き母が手編みの雪の日の帽子と思へ花八つ手咲く

元日の月

（昭和五十五年）

とどこほる雲を出づれば匂ふまでまどかに澄める元日の月

高層の窓より見えて動くもの群れとぶ鳩と流るる雲と

よろこびごと子に来るとふを救ひとし凶のみくじを枝に結びぬ

声粗く喚びあひ鉄骨組みてゆく労働の声空わたりくる

遠空のからくれなゐに背をのべてきらめかむとぞ　若きあはれに

くれなゐの霞

ほのかなる窓の明りは天づたふ月よりか来とひとり覚めをり

虚空なる桜の梢いつ知らず煩雑にして春はきてをり

くれなゐの霞をひくとおもふまで桜並木の樹間うるみ来

雑嚢を投下せしヘリが満開の桜を渦と散らしてゆけり

行きゆけば他界なるべしひそひそとさくら花散るひとすぢの道

うつつなく花は散るなり抜けいでてたゆたふわれの魂が見ゆ

大川をつづる桜の並木みち仄かに淡きくれなゐをひく

しぐれ降る太左衛門橋を渡りゆき春の手紙をポストに落す

眼帯の吾を見据ゑゐし児がつと母に耳うちしてをり昼の地下鉄

日脚すこし伸びしとおもへり勤めきて地下駅の階のぼり来しとき

転送電話、施錠、消灯いくたびも確かめ四時の事務所を出づる

水物を商ふ娘のうへ思ひをり照る日すくなく夏果てむとす

ポンポン船

船腹にタイヤめぐらせポンポン船が運河のくろき水わけてゆく

異様なる朝焼けはして明かしとも暗しとも甍に梅雨のあめ降る

膏薬の臭ひゆゑなく神経に触りて母を疎む日ありき

美しき老などあらう筈はなし車窓を雨のしづりては消ゆ

言はねば誰も気づかぬ吾れの誕生日夜をつややかに茉莉花匂ふ

西瓜のお月さま

蘂《しべ》ながく陽を誘ひて紅蜀葵《もみぢあふい》の真紅烈しき花ひらきたり

身を反りて葉にまぎれゐる青虫のひたぶるなれば騙されてゐむ

紙かとも水鳥かとも吹かれつつ漂へるもの闇はつつめる

「西瓜のお月さまがゐる」とふ幼な児と夏の夕べの歩道橋わたる

雨過ぎし路地の暗みにこほろぎの声音つたなく鳴きそめにけり

アルバムに見つけし父を涙さへうかべて告げくるこのをさな孫

虹、虹と背に揺りあげて幼な児に美しく儚きものを見さしむ

見あげゐし児ら帰りゆき街空に彩うすれつつのこる夕虹

己にて終らむ長谷家の墓洗ふ弟に遠きひぐらしの声

をさなご

ひたぶるにわが魂の戻りきて軀《むくろ》に入りしとき目覚めたり

稚くて逝かせし汝れの魂のしづくのごとく玉すだれふふむ

吃逆やまぬをかき抱き唇濡らしつつ電灯のもと子を死なしめき

かなかなの啼くさみしさや子の墓の昏れゆけるまで佇みてゐつ

かくれんぼの子はいづくなる現し世に鬼わが呼べどよべど応へぬ

十三峠

穂さき触れて流れにはねる蔓草のよろこぶごとくかなしむごとく

いさぎよき若きみどりの苞裂きて山の薄《すすき》のくれなゐ孕む

富貴畑の菊の花より湧くごとし茜あきつの光《かげ》散らしとぶ

朽木谷二首

更けわたる夜半の杉群くろぐろと鋸歯《きょし》をつらねて空に対峙す

ぬばたまの夜の檜山を抱《いだ》かむと綺羅ちりばめてなだるる銀河

（昭和五十六年）

加茂の瀬に数多くゐるゆりかもめ何待つかたちみな太陽に向く

葉を尽し明るむ橅の中道をのぼれば指呼に迫る武奈岳

たまらなく淋しくなりて橙に透きゆくまでの空を見てをり

鳥羽二首

群れなさぬものの淋しさ断崖《きりぎし》の松に一羽の鷲が休らふ

碧空を十字絣にかざらむと鵜のむれ岩をいつたいに翔つ

延齢草の花

京都北山四首

植杉の山のなぞへの昼たけて笹生摩りゆく風のきこゆる

涯とほく霞に消入る街道あり車体らしきが折をり光る

やや遠き尾根の桜を鴉らの出で入る見えてそのころ懈《たゆ》し

杉の谷のひとつ水音に生ひ育つ深山かたばみ延齢草の花

夜半より雨となりたりくぐり来し童仙房の花も散るべし

童仙房高原

誰故草ことしも咲かざり咲けばまづ見せむと思ひし友も逝きたり

病みあとの君が案内《あない》に住吉の神苑めぐりき昨日のごとし

郁李《にはうめ》の青実いつしか紅添ひてけふ梅雨のまの空あかるめり

水輪ちさく描きて落ちし病葉《わくらば》の水のまにまに流されてゆく

水越峠のあたりは雨か葛城山《かつらぎ》に群れゐる雲のうごくともなし

遠街の灯

やがて没る陽の反照に映ゆるビル見放けて今日のブラインドを閉づ

かなしみもまだ知らざりし日のごとく乳暈《にゆううん》のいろ淡くなりきつ

矢田丘陵三首

灌木の径かけわたす蜘蛛の糸風にさゆれて光るとき見ゆ

幼き日の味とおもひき酸あはき棗を食めばよみがへりくる

かすかなる小草の絮もひかりつつ土をもとめて吹かれてゆけり

こころ狂れてうたふ老女あり街角に歌ふアリアの哀れ美し

（昭和五十七年）

雨の路面に潤みてうつる電柱の近づくほどに立ちあがりくる

生ぐさきまで存在感をただよはせ妊婦が白き毛糸編みつぐ

たなごころ

軽く腕を振りつつ人ら街をゆけりたなごころみな鎧はぬさまに

中之島の剣崎のみどりおもおもと上げ潮どきの川面ふくらむ

いち日の勤め終りて帰るさの橋の上あはく潮の匂へり

睫毛ながき幼な日の友偲ばせて未央柳の花ひらきたり

老づくといふ悔しさの是非もなく知らされて若きらの中に働く

額あぢさゐの藍《あゐ》の愁《うれ》ひを愛しみし亡妹のことも杳けくなりぬ

陰《ほと》あはれ天空に向け上《ほ》つ枝なる鵤《いかる》ひたすら芽をついばむよ

梅雨の雷ひらめく夜を泛きいでて「ビハコオホナマズ」産卵すとぞ

社内旅行　沖縄

社内旅行きまりしよりの密《ひそか》ごころサングラスひとつ買はむと思ふ

或る時は後退しゐる錯覚に真白き雲の只中をゆく

獅子《シーサー》置く朱瓦の屋根低くして島びとら風にかかはりて棲む

この島に流せし兵の血のいろや何処にも赤く咲く仏桑花

奈良四首

駒止めにまなこ淋しく繋がるる馬はまぼろしそぼ降る小雨

息苦しきまでに格子を張り詰めてそばだつ三層の妓楼のこれり

ゆきなづみさすらふ魂《たま》もありぬべし病没娼妓碑に揺れあふ穂草

娼妓として終りし墓にひとつかの野菊を手向け洞泉寺を去る

風の森（大和路）

何鳥の群れか羽根うら輝きてひつぢ田の空はためきてゆく

「風の森」にむかひて越ゆる峠路の柿を吊るして冬日浴む家

高鴨の宮居しづけき昼さがり椎の実しきりに落つる音きく

すぐ下の池より反る光あり椎の大樹の葉裏にゆらめく

水際なる木立と遠き嶺ふたつ影藍深く池にしづめり

日御碕（昭和五十八年）

とどろかに砕けてしぶく荒磯波一瞬巌の全てを蔽ふ

うち寄せてうち砕かれて岩肌を潮は千筋となりてしたたる

吹き荒ぶしまきに声もちぎれつつ経島《ふみじま》につどふ海猫の群れ

葛城古道

天秤に担ひこし畝傍《うねび》山耳成《みみなし》山とふ伝説《つたへ》ききつつ古道を歩む

まつはれる蠅をりをりにふるひつつ乳牛たゆきまたたきをする

遠くまでうららに青き空のありたんぽぽ低くさく野べの径

平石峠

夏よもぎの葉うらいつせいに揺り返し野づらをわたる風のすぢ見ゆ

平沢のせせらぐほとりに汗入れて昼には早き弁当ひらく

木の間より男のそりと現はれて春山にチェンソーの音を響かす

忍冬蔓ここにも咲くよレモンいろの香りただよふ山路をくだる

梅雨霽れのけさ街路樹にききとめし蟬の鳴き声みじかくて止む

線香花火

いささかの謀反こころもなくなりて厚みましゆくわが脂肪層

夕映えをルーフにのせて扁平に自動車《くるま》流るる街を見おろす

おほかたは過ぎしと思へ夕空の陽を没れてなほのこるくれなゐ

ひらかざりし線香花火の花のいろしゆるしゆると掌のしたやみに散る

橋桁をくぐり来し艇落日のきららの波に照り合ひてゆく

荘川桜三首

生涯を花に捧げし人ありき荘川桜やみに遠のく

夕闇をつんざきはしる稲妻に前山《さきやま》の影いくたびもたつ

そぞろゆく白川郷の田中みち夜空をぬひて螢ながるる

母里

「母里《もり》」といふ韻きやさしきバス停に降り立ちひとつの山越えむとす

山頂に人知れず咲くなでしこの紅のあはれを言ひつつ下る

蜘蛛の糸くぐりて下る林の径ふしぐろせんをうあざやかに咲く

釣鐘にんじん岨菜《そばな》のむらさきかろやかに揺れて明るき谷あひの径

ほろほろと風の伴ふ噂など身にまとひきて深みゆく秋

「雲のおひつこし」いふ児と見てゐる冬の空しろき日輪雲まを泳ぐ

淋しくはないかと問はれ淋しくはないと答へぬさみしきこころ

今日もふたつゐる水どりに安らぎて夕潮うごく河畔を帰る

定年退職

今日を限りの帰り路となるさみしさや水の流れも透く残照も

希ひあはく生くればあはれ揺らぎいでてわが魂もあそばずなりぬ

釈迦堂

（昭和五十九年）

釈迦堂の庭の閑けさ一輪の椿の紅を見て憩ひけり

降りまよふ風花に似て散る花の逡巡ながく零れてゆくも

おのづから散る花のありひそひそとおのが花底にしづみてゆきぬ

ひとひらはひとひらの影ともなひて落花水路を流されてゆく

雨けむる前山《さきやま》の峰《を》の花こぶしこぞりて咲けど寂しきかたち

ひしがれてあれば家居の身に沁みて木槿の花は咲きそめにけり

羽化終へし翅を合はせて静止する蝶に山路の歩みをとどむ

悲しさのかたまりとなり泣きし児の泣きじやくりつつ寝入りしおもさ

うたはねば淋しうたへばなほさらに淋しきものを来鳴く山鳩

摘み帰れば火をよぶといふ曼珠沙華群れ立つ小雨の峠を越ゆる

鬼取集落

吾亦紅われも紅とぞ野の草を抽きて淋しき夕光のなか

霧ヶ峰

はつはつにたもつ互ひの平穏を顫はせ除夜の鐘なりひびく

裏紅のマフラー

（昭和六十年）

何かがまだのこつてゐるそんな錯覚も薄れゆきひとつ齢をかさぬ

このままに朽ちむいのちの悔しさに裏紅のマフラー求めきにけり

屋上に楽鳴りひびき幼なひとりの回転木馬がまはる花冷え

西武就職

マイクのこゑ、楽の音、汽笛ひびきあひ春連休の屋上にぎはふ

沿線に桐の花咲くよろこびも得て新しき職場に慣れゆく

いつしらに葉がちとなりて藤棚のとめどなきまで零すむらさき

香具山二首

「鳴く鴨を今日のみ見てや」隠りましき磐余《いはれ》の池の跡を尋めきつ

誅されし皇子の無念を憶ふときまぼろしのごと白き鳥翔つ

幸せと言はば言ふべし存《なが》らへて互みにそこばくの年金を受く

北陸路

県境を過ぐるあたりか杉山ははだらとなりて雪消えのこる

雪吊りを解かれて木々の艶めける兼六園の雨を踏みゆく

遠く来しこころにしみて島影も海も夕べのいろとなりゆく

置くごとき線路と見ゆれ音たてて朱き二輛の列車過ぎたり

電車待つ位置もおのづと定まりていつよりか互ひに目礼かはす

始発駅をたちゆく電車乗客のおほかたは角の席を占めをり

藤棚にむらさき清き花穂あげて八月四日の眼を瞠らしむ

車窓に映る己が鎖骨のあたりふと　胸をつくまで父をおもへり

失ひし夢のかけらを拾ふごとこたつに毛糸のモチーフ接ぐ

鱗形のひとつひとつの光ゆれて初瀬の川にたてる風波

奈良車谷の里

城崎

（昭和六十一年）

一条の流れを狭め城崎のなだるるごとき町屋根が見ゆ

丸山川まんまんとして日本海の春の潮と交らふところ

温泉寺をくだるロープウェィ前山の円錐形「迫下《せりさげ》」に似て沈みゆく

川ひとすぢ柳の青き影ゆれて今宵城崎にふる雨やさし

湯の宿の寝掛の間々を寛やかに下駄ひびききて遠のきてゆく

灯あかりのそこのみさらさらゆく流れ大谿川の夜は更けつつ

寧楽 Ⅲ

いかるがを平群《へぐり》にくだる切通しけふはひとりを失ひて越ゆ

草笛の音いろを児らと競ひゆくれんげたんぽぽ光る野の道

野の川の水面のひかりはじきつつ児らの遊びのこゑゆたかなる

水遊びに余念なき子らうながして翳り来し山のはざまをくだる

いとけなき魂になにを感じゐむ児は頑に父を離さず

淡紅色の羽毛にくちばしさし入れてフラミンゴ眠る午後の屋上

翔けゆけぬ鳥をさびしみ屋上に昼の休みのひとときをゐる

大和三山

さゐさゐと葉越しのひかり揺れうごく三角点をいまわたる黒蟻

ふか谿をへだつ青嶺より筒鳥のこゑ湧くごとし汗入れて佇つ

青み渡る大和まほろばまなしたに見つつし飽かねどくだりゆくべし

ほうほうと昏れゆく山の寂莫にわれら小さし来るバスを待つ

吉　野

ああこれが象《きさ》の小川かさゐさゐと草ごもりゆく水音韻かふ

石瀬となり展けし谷の明るさに憩へば蜩のこゑ降るごとし

宮滝

うつうつと木深き谷をくだりきてここに激ちて落つる象川

川をへだて背山妹山相見あふ上市《かみいち》の町ほそき雨降る

満開の花しづもれる堤のした墓ひしひしと雨に濡れをり

さくら花びら食ぶるゆゑあはれ美味しとぞ吉野の川に育つ鮎の子

柿の葉ずし鮎の釣宿ひとつ流れに沿ひつつ人の営みはあり

来む日には湖底なるべし木も草もいまのうつつの風に揺れをり

大台ヶ原

おほよそに花らしからぬ香を放ち梅けい草渓に小林をなす

なだれ落ちむばかりに星座かたむけて大台ヶ原の夜は更けわたる

窓の灯りにくる火蛾のむれ仄青きオホミズアヲもきて楽しきろ

劫初とはかかる幽さか日出ヶ岳のやみにたち濡れご来光を待つ

東雲の光うごきておごそかに陽は全容をせりあげてくる

明け初めし虚空に競ひ群山の影くろぐろと顕れにけり

行者還、弥山、八経岳、峰々の波動のごとき連なりを見よ

こころよき緊張感ありこまどりの囀りひびく尾根をくだりぬ

山裾ゆるく落ちあふはざま扇状に日当たる明日香の集落が見ゆ

櫟坂

（昭和六十二年）

降りたまる去年の落葉のほどのよき湿りを踏みてゆく櫟坂

櫟坂越えゆけば早春の景展け大和山城一望にをさまる

梅匂ふなぞへの畔に千藁の温みを敷きて握り飯食む

ゆるやかに傾ぐ山腹ゆく雲の影よりほかに動くものなし

啄木鳥《けら》の穴の微かなる気配雛かも知れず山をくだるときふと思ひたり

御手洗《みたらし》の白布清しき社あり竜在峠を越えきし峡に

竜在峠

一願地蔵

（昭和六十三年）

あまる愁ひ恃み申さむ一願地蔵氷の衣をまとひて在す

ヒマラヤ杉のひともとの影くきやかに寒稜りようと夕焼けてをり

葛城の山二首

やはらかき萌黄となりて雪匂ふこの山のいろいふべくもなし

母のつくりし草餅のいろと告げやらむ雪刷くけさの葛城の山脈《やま》

花酔のざわめきをあとにのぼり来し粟田山稜の邃きしづもり

ひともとの桜ありけりほのかなる花のしじまはこころ死なしむ

「総理と桜を観る会」新宿御苑に招かれて三首

車窓過ぐる美濃駿河路列島をうづめて桜の花咲きみつる

ふるさとを同じうするとふ親しさのあなほのぼのと握手を賜ふ

後北条五代の墓所は扉おもく閉ざしてさみしき風をきかしむ

琵琶湖

からす羽に水たたきゆく追叉手《おひさで》とふ漁《すなど》りを近江の湖《うみ》に見て佇つ

叉手網にしたたる若鮎のぎんのいろ夏はこびくるいろとおもへり

夜もすがら宿りの窓に鳴りとほす瀬音にまぎれ雨降りいでぬ

けさ晴れて毛虫もゆつくり散歩する野のみち幼なと手をつなぎゆく

ひろびろと植田めぐらす湖べりの四、五戸は水漬くごと隣り合ふ

朝明けの藍のしづくや溜めて咲く伊吹の山の瑠璃とらのをは

出雲二首

なめらかに宍道湖昏れて船ひとつ天衣のごとき水脈《みを》ひきてゆく

砂洲ひろき斐伊川の鉄橋越えむとしふとまぼろしに蟹をとる父

眠られぬ夜を蚊柱のたつごとくこの世のそとの話しごゑする

＊

おほかたは遂ぐることなく終るともあこがれゆかむ天涯の朱

第二章　雪月花

（一九八九年〜二〇一二年）

天皇崩御

（昭和六十四年）

刻々と天皇崩御のニュースつたふ朝の厨に七草洗ふ

退けどきの雑踏の街に降りいでし昭和最後の雨に濡れゆく

自我つよく生き来し母が死に近くもぢもぢと掌をかさねくれたり

危ぶまれし誕生日の夜を穏やかに母は昭和と共に逝きたり

思ふこと充分なれば物の象よくみよと師の教へ給ひき

上田三四二先生

出会ひ在りき惜別ありきうねりつつ吾れの昭和が遠ざかりゆく

折りくれし垂氷に喉をうるほしつつ雪の滝みち夫とのぼりぬ

投げ合ひて子ら戯るる声たかし雪は故郷を近々と寄す

眼をとぢてたぐる記憶の町並に牡丹雪降るほたほたと降る

鳥羽、賢島

（平成元年）

降りたちし歩廊の一隅あかるみて菜の花黄なり鳥羽駅に着く

松二本なければただの岩といふ雀島春の潮にひかる

春の雲移ろひ丘の昼深しとりのこされて淡き半月

珠を抱く母貝の喘ぎかこまやかに遠さざなみの光をくだく

耐へかねて珠吐く母貝のあるときく黙然と英虞の海は昏れつつ

海界《うなさか》とほく昏れしづむころ月霊のやどりて真珠は美を生むといふ

音階のごとく波紋をひろげつつひとつ方より漁船帰り来

地球自転の速度みせつつ朝の陽がいま島山を離《か》れゆかむとす

空の碧こぼれて海の碧ふかし告げざりしことのなどか多かり

相差五首

そぞろゆく夕浜にひとつ砂饅頭「海亀の墓」とふ木片あたらし

絶えだえに漂着《つき》し海亀の死あはれみて浜びとらつくりし砂墓といふ

連れそふ海亀《かめ》かこの砂墓を回りめぐりやがて傍に産卵せしとぞ

海亀のまこと泪を流せりと標《しめ》を張りたまごをまもる浜びと

海亀の子の海に還りてゆく頃か相差の浜波こころして寄れ

紙　雛

（平成二年）

職場退くかたみに贈らむ紙雛の眉ひきにつつ淋し今宵は

明日の身をつくろはむ女の楽しみもひそかにありき今日退職す

透明人間が缶蹴りしてると幼なの言ふ空缶ころころ風に転がる

学童らのメッセージを添へ放たれし風船空を彩りゆけり

「ぼくの風船どうしてるかなあ」過ぐる日のあるとき孫のぽつつりと言ふ

けさ菊畑に子の風船をみつけしとこぼれむばかりの文木曾より給ふ

風船の漂ひゆきし木曾馬籠尋ね行かむと孫に約しぬ

君がふるさと　（平成三年）

近江三首

白帆いくつ胡蝶のごとく遊ばせて近江はやさし君がふるさと

近江富士すがた正して遠かすむ「魞《えり》」たつ湖の凪ぎてはろけし

葦枯れて寂けき砂州のひとところ囁くごとく風波の寄る

膝関節かばへばしぜん鈍くなるおのが立居の折に疎まし

踵鳴らす日もまれにして下駄箱に揃ふパンプス艶をうしなふ

よみうり歌壇みてますといふ故里の文ありがたし幾たびも読む

火のいろに燃ゆることなきわが胸と詠みましき通夜を紅椿炎ゆ

藤本先生

篠懸の鈴

篠懸の百千の鈴青空にかかげて朝の公園しづけし

モーターボートの狼藉のなごりひろごりてやがてやさしき波となりゆく

あかあかと陽は樫山の野に染《し》みていたく淋しくひとを顕たしむ

幼い日のあの淋しさですそくそくと囲りの山が昏れてゆきます

全うせしかたち寂けく侘助のうてなを離《か》れし花首ひとつ

苦しきといふにあらねどいくたびか眠りのなかに呻きて醒む

背負ひゆくもののいくつか棄てたきに秋川のみづ瀬に鳴りとほす

湯あがりのゆるぶ五体にこころよく川瀬と雨の音ひびきあふ

沙羅の花

何とての浄さ見あぐる今のいま沙羅は真白き花落としたり

寂かなるこころと思へけふの白尽くして沙羅のはな散りにけり

苔生ふるおのが根かたを浄土とし沙羅の白花散りしきにけり

妹の忌日も額の花も過ぎ梅雨送る雨音たてて降る

夢にきてうなだれ物を言はざりし汝が淋しさの覚めても去らず

醤油の煮詰まる匂ひこもらせて塩昆布炊く梅雨寒むの昼

ははそはの母の手になる赤貝の飯うまかりき母も若かり

雨傘の花咲くごとく干されゐて梅雨あけ近き京の裏まち

碌山美術館二首

祈りさへつたへて君が絶作の「女《をなご》」の像は天を仰げる

呼ぶたましひよばるる魂さすらはむあづみ平に夜の灯うるむ

上高地三首

高原の露をふふみて揺れてゐるこのとりかぶとも毒をひそめむ

霞沢、六百岳と指し給ひしひとと一会の別れを惜しむ

山の名を問ひしえにしに充たされて梓の川の水音にそふ

月下美人

おしひらく力に微かふるへつつ月下美人の花ひらきそむ

誰となく呼びかけてみたし馥郁と月下美人の匂へるからに

ひろちやんも周ちやんも総入れ歯とふ友の便りの可笑しくかなし

「あざみの君」「コスモスの君」と呼びあひて若き日ありき歳月を経し

猫じやらし野べに光りてひとり遊びのとほく懐かし夕ぐれの景

砂ぼこりたてつつバスは遠ざかるけふも迎へに来なかつた父

前籠に大根のぼりのごとく立て貸農園より夫の帰り来

「鳥がゆくよ　うさぎさんだよ」夏風邪の幼なと雲の消長を追ふ

「居づらかつたら帰つてもいいか」母方にゆく夜ひそと言ひし孫はも

思ひ出を双手にあまし幼な児よ別れゆく児よ　今宵満月

東吉野鷲家

天誅さんと呼びなじみ村の人らやさし無念の跡を尋ねてゆくに

天誅さんの墓指《さ》したから年の数よみ指嚙めと村の童《こ》がいふ

バス停に息せき来たり『南山夜話』くだされしひとの温み忘れず

川ぎしの狭き土にも菜の育ついとなみやさしき村とほりゆく

瀬戸崎二首

岩畳に砕けむとして黒潮のうねり時のま淡青となる

夕かがやき棚びく雲より瀧なして瀬戸崎の沖あひ染まる荘厳

春月

（平成四年）

春月はこんなに淋しいものでしたか終にふたりとなりしこの縁側《えん》

別れゆきし児ゆゑ声音の似通へば満員バスにその声さがす

街に会ふどの子もどの子もゆきし孫に見えてこころの騒ぐかなしさ

ともに歌ひしタンポポのうた淋しくて湯槽にひとり口ずさむなり

級友の学長就任の記事なにとなき密《ひそか》ごころに切り抜きてもつ

谷汲山二首

旺んなる落花の中に小駅あり停車場とふ韻きのふと懐しき

老木はも寂しかりけり淡墨の桜たわわに咲きみつるとも

杉山の吐息のごとき霧湧きて高野連峰額に迫り来

十津川

石槌の山か遥ばろ白釉の光沢《てり》にゆらめく雪嶺が見ゆ

道後温泉

義兄逝きます

六月の朝うす寒し墓掘ると組びとら酒を携へてゆく

墓を穿つ四隅と真中に一円玉収めて山神の宥しを乞ふとふ

なきがらを浄め申さむ姪たちは縄だすき腰縄の装束に待つ

背山より伐り来し榊に覆はるる卒寿の義兄《あに》の一徹の面

けさ刈りし夏草むせる香を踏みて墓みちのぼる列にしたがふ

墓山に咲くむらさきのうつぼ草村びとら「へびのまくら」とぞいふ

霧なかに佇ちゐしわらべ帰りきて雲を食つてきたと真顔にて言ふ

還りませし義兄のみ魂か窓にきてオホミヅアヲが翅をひらくも

（平成五年）

あくがれのなきとは言はねたましひも衰ふるらし現身を出でず

一生《ひとよ》かけて懐かしきもの父母在りて友ありて杳《はる》けきふるさとの日々

銭葵

生臭きもの失せし身やからからと若葉あかるきしたくぐりゆく

水をあがりしあひる懈《だる》げに背伸びして翔ぶことのなき羽をはばたく

雨あとの樟の落ち花おがくづに似てやはやはし境内をゆく

銭葵すぢむらさきに咲き溢れなにか哀しく祖母を恋はしむ

祖母ありて頑是なかりしわれがゐて庇はれて佇つ背戸の夕ぐれ

叱られて雨だれの生む水の輪をみつつ拗ねゐき幼なかりにき

髪白くなるまで住み経し守口を離るる覚悟なかなかならず

子に随ひ故里《くに》を棄つると決めし日の祖母のおもひや今宵身にしむ

紡ぎ来し歳月のかさとぶらへば忘却といふもたぬしかるべし

室堂平

神隠しのごとくすべてを閉ざされて室堂平の濃霧にたたずむ

濃霧こめて先ゆく人かげ隠り世に入りゆく死者の状《さま》にへだたる

いま喚ばねばたちまち濃霧に奪はれむ後姿《うしろで》を追ひ雪原を踏む

雪を這ふ送電線あり登山荘の高みへ高みへ歩みうながす

海市《かいし》たつごとく顕はれまた霧にながれぬ山荘の灯も輪郭も

美作

すすき、コスモス揺れてひとすぢ美作を因幡へ越ゆる道のやさしさ

秋川の冷えを見つめて白鷺のをりしが光となりて翔ちたり

夕なづむあがたの川の葦群れを移るセキレイ波がたにとぶ

かがまりて禱りのごとき刈小田のひとりふたりをつつむ夕かげ

枯木鳴鵙図二首

鵙ひとつ枯木の末《うれ》に宿らせしひとの寂々まなかひに顕つ

娶らざりし武蔵おもへば大原野の日のくれぐれをわたる鳥かげ

新居

（平成六年）

「新築は気をつかひます」電気屋の脚立のあしは手袋を履く

五十年の生活の嵩を捨てかねて新居に明け暮れ物さがしする

過去世また未来は知らず移り来し家の日向に濯ぎもの干す

公園の石組みひとつ鬼の泣く顔とも見えて淋しきひぐれ

訪ふことも訪はるることもなくて暮るるおほむね閑けき門扉をとざす

上高地

頂《いただき》に茜あつまり焼岳のいま蒙昧をぬぎゆくところ

焼岳の倒影のなか行き戻る鴨群に朝の池畔にぎはふ

桔梗いろに空よく晴れて焼岳のはつかに白き噴煙あがる

朝明けのひかりを濾して落葉松の湿りやさしき幹たち並ぶ

阪神大震災

（平成七年）

とんちんかんの受け答などして老いふたり昼の留守居をたわいなくゐる

凄じき地震すぎたる惨状の拡大刻々とテレビが映す

一月十七日午前五時四十六分

湯を浴みて温とくあれば罪悪のごとし被災地は雪と伝はる

夕空を覆ひて無数に乱舞する鴉の不気味地震より続く

夫入院

防災に備ふる明け暮れ思はざる陥穽のごと夫入院す

絶食、検査くりかへしつつ細りゆく夫に付き添ふ祈るほかなく

眠るまも挿入管をつたひつつ恐ろしきまでいづる胆汁

今生のおもひふかしも病みやせし夫と相見る今年のさくら

洩らすまじき一語は重し春楡の芽吹く下みち車いすおす

野辺のみち青く匂へば少年にかへりし夫か草笛を吹く

薄明の木にいとけなき魂いくつ遊ぶならずや山ぼふし咲く

恃みゆくいのちの涯の風景を騒立て雷雨の近づく気配

おほかたは避けて過ぎ来し生きざまの帰結のごとき風鳴《かざな》りのやみ

病みあとの夫を誘ひそぞろゆく　ゆんでは雲雀のこゑひかる丘

菖蒲をいふ夫と連れだち池までを予後まだあさき歩に合せゆく

赤のまま、野菊、つゆくさ咲きあふれ少しづつ試歩をのばしゆく夫

近江蓮華寺

白壁に破風のべんがら調和して近江あがたは実りのさなか

刈小田の日ざしやさしき村に入り「血の川」といふ立札にあふ

仲時敗れ四百三十余名自刃せしみ寺と聞きて言葉うしなふ

言ひ知れぬかなしみ湧きぬ世は常にかかるいくさを重ねつつ来し

ともりし蠟の尽きゆくごとくしづけしと詠みましき近江蓮華寺を辞す

ふるさと

何となくまねびて吊るす干柿の日に日に祖母のいろとなりくる

幼な日の宝石のごとき思ひ出を分かちもつ友ふるさとにあり

「だんべら」とよびし雪ありほたほたと天も地もなく降りにけるかも

三朝川の水面たそがれ鳴く河鹿とほき記憶を呼びて鳴き澄む

竹垣を吹きぬく風に夜半さめて遠き故郷の虎落笛《もがりぶえ》恋ふ

眠りふかきひと起こしかねひとり聴く宿りの朝を啼くほととぎす

鳥取砂丘

（平成八年）

冬日ざし背負ひ砂丘に繫がるる駱駝は遠き空を見てゐる

空と砂丘に界《かぎ》られ細き海が見ゆ濃縮されしごとき藍青

砂丘ゆく駱駝のこぶは悲しみの嚢《ふくろ》ならずや、ぼとぼとゆく

父、母

ふるさとを棄てしは幾歳《いくつ》の夏にありしまだ若かりし父の面影

父母の膝に弟妹ら幼く眠りゐき夜汽車の軋みもながく忘れず

情強《こは》き母とふ記憶も齢《よはひ》を経ておもへばあはれ貧しかりにき

老いなりの自我も主張もあると知る逝きたる母の齢となりて

上を向くことなく花の盛を過ぎやがて幽けし貝母《ばいも》の花は

きりきりと髪あげし人憶はせて桔梗のむらさき涼やかにひらく

言ひやうもなく死を恐ろしと思ひしころ父《ちち》、母《はは》若く健在なりし

夫急変

（平成九年）

神経はきりきりと冴え病む夫を目守《まも》るうつつ身の鼾してをり

昏睡の面により祖谷の粉挽唄口ずさめば幽か膝拍子うつ

喘鳴をひきひとすぢの息熄《や》みぬ昨日は新茶を言ひゐし夫

聴かざりしこと告げざりしこと泛びて消ゆ漂ふごとき眠りのなかに

忌明けのこころゆるびや夜の門扉とざさむと低き段踏み外す

厳島の鹿に追はれてはしやぎゐき夫との旅の終りと知らず

夫恋へば答歌とも今年の山ぼふし咲きてちり散りては咲きつぐ

夕映の美しかりしを言ひ添へて遺影に夕べのお勤め申す

眼さきふと翳りて夫のけはひよぎる折ふしのあり百か日迎ふ

たましひはふるさと祖谷を辿りゐむ「ばそく」を過ぎ屋地の見ゆる辺りか

ふる里出雲へ

謐《しづ》かなる余生をわれに下されし亡夫に礼しふるさとに発つ

存《なが》らへて神在月を訪ね来ぬひそかに父母と発ちしふるさと

踏切も町川も記憶に大きくて夢かぎりなき少女なりしよ

興業地といふ広場ありにき目瞑《めつぶ》れば杳《とほ》きジンタの楽がながるる

基盤乗りの象も綱渡りのをとめごも祭りのあとを何処に発ちし

「サネモリサン、サネモリサンはオッカンカン」稲田ゆく松明も鉦の音もまぼろし

朝あけのひかりを奏でなびくすすきああふるさとの風が吹くなり

離り住む

（平成十年）

受話器とる都度のおもひに動悸せり期待などせぬと思ひしは嘘

その母と替りて電話に礼をいふ男の子の声は青年の声

歳月は愛しも去《い》にし者のこゑ受話器にきけばあはれいとほし

清水三首

慈父のごとき木肌に清水《しょうづ》の桜あり兵の墓あまた擁《いだ》きてふぶく

揺らぎいでて兵のみ霊や遊びせむ幹まを花の寛《ゆる》やかに舞ふ

花の縁《えにし》に清水の土となりし人も兵士の墓も散る花のなか

苔の花

苔の花咲くといへども微かにて貧しかりしよわが少女期も

老いて知る哀しみのあり時ながく咲き過ぎし薔薇の花切り落とす

誕生日のひとりうたげに匂ひくるくちなしの花　また逢ふべしや

天草

見るかぎり筑紫青田やビロードのうねりとなりて風わたりゆく

殉教のをとめ甦《か》へりて咲くかとも天主堂の辺《へ》のくれなゐ一輪

こころよき調べとなりて鬼海ヶ浦の海石《いくり》にけさは波しろくたつ

夕日いま天草の海に没《い》らむとし一瞬淡きむらさきをひく

石古りて架かる祇園橋いにしへの苦しみごともなべて杳けし

島みちの木木おほよそに蔓草の絡みて天に攀づるごとしも

みづからの炎柱の耀ひたづさへて天草灘にほろぶる夕日

暖かく寝《い》ねよと子より贈られし風合やはき毛布にくるまる

亀、ラクダ、蟇とふあだ名に善かりける男ら黄泉《よみ》のいづべを歩む

やはらかき障子の日ざし音もなく侘助の花散りて候

山王さまの祠のほとりにつまれゐし捨て雛のあはれふと憶ひをり

気づかざりしわが老の仕草まざまざと子の撮りくれしビデオは写す

マキノ（平成十一年）

新樹光天にそよがせ立ち並ぶメタセコイアああ青年の匂ひす

並木路の直線はるけき低みより湧きくるごとく車体現はる

近江八幡二首

人ごゑを先だて葦間より出でし舟水紋生みつつ葦むらに入る

最終とぞカメラの列に声をかけ水郷めぐりの舟ゆるやかにゆく

人界を侵しくだりし熔岩の無間《むけん》苦しき暈《かさ》に雨ふる

嬬恋村

桴《ばち》さばき調ひ凛と太鼓うつこの子らのうへ戦あらすな

塩尻

花明り

（平成十二年）

萌え出づる草木にこゑをおくりきて留守居の老いのひと日はじまる

接穂なかりし物言さびしく反芻《にれが》めば夜は冷えびえとくだちゆくなり

花りんご、海棠、なのはな、山ざくら信濃の春は噴くごとくあり

落葉松はまさに芽吹かむ青こめて並び立つ山いく曲がり越ゆ

あしびきの山は斑雪《はだれ》に匂ひつつ斜面するどく谿に落ち入る

向う山素描のごとき辛夷咲き今宵宿りの窓明け放つ

折をりの信濃の季《とき》を求めゆくこの自在だれにも奪はれたくなし

なむあみだぶつ声合せつつ末の子が兄を横目にまた声を張る

老ゆるとは斯ういふことか手の膝の疼きに夜半《よは》をいくたびも醒む

老い母の痛みはいくほど汲み得しや齢重ねし折をりに思ふ

身を屈め風巻を遣らふ処し方もありきと夜半を醒めゐておもふ

（平成十三年）

手にうけて遊ぶ三人子《みたりご》　降り頻る雪にしざれば遠世のごとし

寸ばかり軒端はみだす屋根雪の点滴となり輝きこぼす

弟急逝

時をりに大きく傾ぐ通夜の灯を目守《まも》ればこもごもの憶ひかへり来

父、母のかなしみを断ち征きにけり十八歳を軍属として

戦闘帽の面輪をさなき一団に汝れをもとめてたちし埠頭や

己より求めて兵となりし日の弟思へり母を思へり

男には自制しきれぬ身力の起きくるものと父の言はしき

身ひとつに帰還せし汝を南蛮黍粉《なんばこ》のパンに饗しきすべなかりけり

身を離《さか》る汝が魂をみちびかむ通夜の窓冴えざえ月のわたり来

天蓋なすこの菩提寺の大銀杏くぐりし父母も弟妹も亡し

原谷苑

来ん年も花につどはむ約束のしだいに淋し席たたみつつ

さくら過ぎ花みづき過ぎ公園はいま生きやかに樟の新緑

何鳥のこゑか透りて公園の昼間しづけし連休のまへ

齟齬《そご》おほくなりしも自然のすがたとぞ気づけば明るくしたたる若葉

与勇輝《あたえゆうき》人形展三首

遠き日の誰かれのゐて可笑しきろ「椿峠の合戦」の童《こ》ら

儚かりし妹に面輪かさなれば「置屋のみね」のそば去りがたし

「与勇輝展」見しよりこころ浮遊して日に幾たびも写真集ひらく

美ヶ原

しとどなる小草の露をかきわけて苔桃の小さき赤き実を摘む

波紋状にひろごりてくる梵鐘《かね》の音《ね》を意識の底にききて目覚めぬ

高原は星月夜かや　膝折りて放牧の牛ら微睡《まどろ》みをらむ

きみの描く動物の眼なぜに淋しひとつ居りても群れなしゐても

（平成十四、十五年）

新歳を禱りて立てば冴えざえと満天の星近づくごとし

がばがばと靴脱がれあり鍋ものの食材両手に帰りて来れば

北海道追憶

去年《こぞ》の夏大雪山に行き遇ひし北きつね何処《いづこ》に寒凌ぎしや

生みいだす苦痛に頻《し》卑《か》み産卵の白鮭おほきく口を開けたり

対向車もなく原生林の登坂の終りし車窓羅臼岳映ゆ

永劫の時の一瞬出遇ひ得し県人と湿原の夕照を待つ

「氷雪の門」よりのぞむサハリンの口惜しく哀ししづかに霞む

「皆さんこれが最後です　さようならさようなら」職責を果して散りし
九人《くにん》の少女子《をとめご》

中折帽

この小さき庭も至福のときを得て郁李《いくり》、雪柳、木瓜咲き溢る

炊《た》きあがりし余分の水気含みとる「はんぼ」の飯の旨かりしこと

まなぞこに残る面輪のひとりひとり尋ねてみたしフリージア匂ふ

中折帽もとんびも死語となりにけり肖像の父いつまでも若く

天売島

（平成十六年）

今日も始まる海猫、善知鳥《うとう》の交戦を見物の我等日没を待つ

今日の獲物口いつぱいに雛の待つ巣穴を目指しウトウ帰り来

口に余るウトウの小魚うばはむと海猫岩棚を一斉に翔つ

海猫の総勢いつしか掻き消えて海岸の上空なにごともなし

一万の桜を擁し春を待つ松前天守若武者のごとし

「わたしもね背負つてゐるの」とでで虫に物言ふ端居あぢさゐの雨

額あぢさゐは妹のいろ幼な児を残してまかりし妹のいろ

冴えざえと歳のはじめの夜空ありオリオン若き輝きを放つ

（平成十七、十八年）

わが部屋の螢光灯も老いにけり「点灯」後やや間のありてつく

民族の暗き苦しき世に育ち「ただ一度」の生終へし顔《かんばせ》

長野二首

その前《さき》に御嶽を据ゑ広ごれる花蕎麦の畑くまなくしろし

長十郎梨このみし父かも妹と秋の夜がたり果てしもあらぬ

目覚むれば忘れてしまふ夢ばかり物言ひたげな父にありしが

仕舞湯の窓のガラスに書きてみる「へのへのもへじ」泣きだしさう

（平成十九、二十年）

京都十石舟二首

翡翠いろの水面に敷ける花筏うごくともなく移りてゆくも

時となくふぶくさくらを愛《を》しみつつ十石舟に疎水を下る

日を追つて窓明るめり水櫛に髪ときつけて朝支度する

この日頃ものとり落とすこと多し雪しんしんと明日は立春

籠松明《たいまつ》の火の穂《ほ》の散華被りて荒行つづく二月堂を辞す

入院

ひさびさの秋日和なり臥処《ふしど》なる窓いつぱいにみづ藍の空

排泄といふ不可欠を業としてベッドに矩形の界を起き臥す

あかあかと大いなる陽が喘ぎつつ今し枯生《かれう》に落ちゆかむとす

町並をフロントガラスにけぶらせてそぼ降る雨の朝転院す

上高地三首

残雪の穂高も梓の川音も夕づけばほとり俄かにさむし

群青の空　雪渓の光《て》り相俟《あいま》ってこよなき五月の穂高嶺に遇ふ

明け方の河童橋こそ可笑しけれ猿《ましら》汚物を列ねまつりて

（平成二十一～二十四年）

囲炉裏よし鮎よし酒よし瀬音よし通る風よろしき宿にくつろぐ

大洲肱川小藪温泉

東日本大震災

津波告ぐる声慌ただし映像いま群れ来る海鳥屈みゆく老いの背

平成二十三年三月十一日午後二時四十六分

津波速報届かぬや素手の老いひとり行きし後姿《うしろで》まなぶたを去らず

山の辺の道

若かりき天理、長岳寺、桜井と歩み続けし山の辺の道

義歯《ぎし》、眼鏡《めがね》、杖《つゑ》、補聴器《ほちやうき》わたくしがだんだん私《わたくし》ではなくなる

孫子《まごこ》みな健やかにして祝《ほ》ぎくれし卒寿の夜を白百合香る

あとがき

このたび、娘に勧められて永年詠んできた短歌を歌集としてまとめることになりました。

私がはじめて出逢った短歌は石川啄木の「こころざし得ぬ人人のあつまりて酒のむ場所が我が家《いえ》なりしかな」の一首でした。いいしれぬ哀しみに誘われました。それは、幼いころ過ごしたふる里の我が家で幾度か見た情景が甦ってきたからです。

父は石版・活版の印刷業でしたが、夜になると我が家に近くの下駄屋の小父さんや金物屋の小父さんたち四、五人が、鍋物を囲みながらよく話し合いをしていました。子供の私にはわかりませんでしたが、当時は大変不景気で小商いの店はそうとう辛かったそうです。

我が家は昭和九年七月に店を閉じ、母方の大阪に移住することとなりました。

戦後、偶然にも守口市の公民館で短歌教室が開かれ、短歌に感銘を受け、身近なものに感じ、すぐに受講することになり、藤本豊悦先生に出会わせていただき、教え導いていただきました。また同時期より短歌研究等に投稿させていただくようになりました。

このたび出版させていただきます歌集には、昭和三十九年から平成二十四年までのおよそ四十八年間の作品が対象となっております。私の人生の若かりし頃から九十歳までの人生の歩みを収録いたしました。

短歌に傾倒していくなかで、自分のこころの襞をみつめ、さまざまな想いを三十一文字のかたちにあらわしてきました。日々の苦しみ、怒り、悲しみそして喜びを綴り心の糧として過ごしてまいりました。今回、歌集を編むにあたり短歌をはじめたころの稚拙な古い作品もありますが、まとめるうちその時々のこころの在り方、情景がまざまざと浮かんできました。短歌の素晴らしさをあらためてまた感じることができた次第です。

表題の「雪月花」は白居易の「寄殷協律」の一句「雪月花時最憶君」からで、さまざまな場面で引用され馴染み深い言葉ですが、この雪月花という四季折々の自然の美しさは私のこころを和ませ、楽しませてくれました。また、自然のうつりかわりゆくなかで、小さな生へのわびしさ、儚さに胸をうたれるなど、この自然とふれあうことが歌を作るうえでの拠りどころとなっていたように思うからです。

今年、九十三歳になりました。短歌を始めて半世紀になろうとしています。短歌教室が閉講となりました後の活動は主に投稿のみとなりましたが、それでも永く続けて来られましたのも　各先生方のあたたかな選評をいただき、励みになっていたからと思います。

馬場あき子先生をはじめ、亡き小野昌繁先生、生方たつゑ先生、上田三四二先生、島田修二先生、読売歌壇の前登志夫先生など諸先生の身にあまるご選評を賜り有難うございました。こころより厚く御礼を申し上げます。また短歌を通してご交誼をいただきました歌友の皆様がた、そして、出版万端にわたり、お世話になりました砂子屋書房の田村雅之様に深く、深く御礼を申し上げます。

田村雅之さまへ

遠き日の書面に縁《えにし》を頂きて成りし『雪月花』わが今生の華

平成二十八年八月吉日

栩本澄子

歌集　雪月花

二〇一六年一〇月一五日初版発行

著　者　栩本澄子（とちもと・すみこ）
大阪府枚方市北山一―五九―三（〒五七三―〇一七一）

発行者　田村雅之

発行所　砂子屋書房
東京都千代田区内神田三―四―七（〒一〇一―〇〇四七）
電話　〇三―三二五六―四七〇八　振替　〇〇一三〇―二―九七六三一
URL http://www.sunagoya.com

組　版　はあどわあく

印　刷　長野印刷商工株式会社

製　本　渋谷文泉閣

©2016 Sumiko Tochimoto Printed in Japan